La Magia de Disney

COLECCIÓN DE CUENTOS

Silver Dolphin
en español

Í N D I C E

ÍNDICE

Publicado en México en 2005 por
Advanced Marketing, S. de R.L. de C.V.
Bajo el sello **Silver Dolphin en español**

Título original: The Magic of Disney Storybook Collection
Diseñado por Alfred Giuliani
Traducción al español por Arlette de Alba.
Supervisión de la edición en español: Marilú Cortés García

Este libro se realizó en tipo Cochin de 20 puntos
Primera edición en español

1 2 3 4 5   05 06 07 08 09

ISBN 970-718-286-5

Impreso en China / Printed in China

WALT DISNEY

El gran susto del oso

"Es un hermoso día para salir a acampar!", les dijo Mickey Mouse a sus sobrinos y a Goofy,

mientras cerraba la puerta de la casa. "¿Están seguros de que tenemos todo?"

"¡Todos estamos listos para partir, tío Mickey!", gritó Nico.

"Tato y yo llevamos todas las ollas y sartenes y cosas que podríamos necesitar."

"¡Hemos estado listos para partir desde que amaneció!", agregó Tato, emocionado.

"¡Y yo llevo en mi mochila suficiente comida para tres días, Mickey!", dijo Goofy. "Al principio no cabían tantas cosas, pero finalmente logré encontrar espacio para todo."

Mickey sonrió, exclamando: "¡Excelente! Y la tienda está lista para colocarla en cuanto lleguemos al lugar del campamento. Me da gusto que todos hayamos planeado tan cuidadosamente este viaje."

"Tío Mickey, sigamos la nueva pista para bicicletas hacia el lago", le sugirió Tato. "Está bien, chicos", accedió Mickey. "Es una buena idea."

La caminata comenzó bien. El sol entibiaba la
brisa, y las aves cantaban alegres melodías. Después
de un rato, los amigos se detuvieron para comer unas
zarzamoras que
Goofy descubrió
a un lado del
camino.
"Creo que
éste será el mejor
campamento que
hayamos hecho",
les dijo Mickey
a sus amigos.

Cuando Goofy se volvió para decir que sí, tropezó con un tronco y cayó cuan largo era al suelo. Su abultada mochila se abrió, y todo se desparramó sobre la hierba.

"¡Oh, no!", refunfuñó Goofy. "Sigan ustedes y busquen un buen lugar para acampar. Yo volveré a guardar estas cosas y los alcanzaré tan pronto como pueda."

"Está bien, Goofy. Tendremos todo listo para preparar la cena cuando llegues allá con la comida", dijo Mickey.

"¡Hasta luego!", gritaron los sobrinos desde el camino.

Mientras Goofy corría de aquí para allá para juntar y guardar otra vez todas las cosas, alguien lo observaba a escondidas, con callado interés.

Una mamá osa hambrienta había venido a visitar su arbusto de zarzamoras favorito. Estaba parada detrás de la maleza, a unos cuantos

metros de Goofy. Y cuando Goofy le dio
la espalda, arrebató el paquete más
grande del suelo y desapareció entre
los arbustos.

Unos cuantos minutos después, Goofy se apresuraba para alcanzar a sus amigos; iba rascándose la cabeza, perplejo. "Ahora todo cupo perfectamente en mi mochila", murmuró. "Me pregunto por qué."

"¡Hola, Goofy!", exclamó Mickey, saludando a su amigo en el campamento. "¿Por qué no empiezas la cena mientras acabo de colocar la tienda. Ya casi termino."

"Ya desempacamos las ollas y las sartenes, Goofy. ¡Te ayudaremos!", dijeron Nico y Tato muy animados.

"El aire de la montaña realmente abre el apetito, ¿o no, chicos?", dijo Goofy. "Mañana comeremos pescado, ¡pero hoy asaré la carne que traje en mi mochila!"

Pensando en el delicioso sabor de la carne, Goofy abrió rápidamente su mochila. "Aquí están los malvaviscos... y el pan.... y la crema de maní... y la

harina preparada. Y aquí...", se detuvo repentina- mente. "¡La carne! ¡La carne no está!"

"¡No puede ser!", exclamó Mickey.

"Debo haberla dejado en el lugar donde se abrió mi mochila", le explicó Goofy.

"Bueno", dijo Mickey, "eso no está tan mal. Simplemente regresaremos por el camino para recogerla. ¡Vamos! ¡Deprisa!"

Los cuatro campistas corrieron por el camino. Sin embargo, cuando llegaron a los arbustos de zarzamoras la carne perdida no estaba por ningún lado.

"He estropeado la mejor salida a acampar", dijo Goofy con tristeza. "¿Cómo pude haberla perdido?" Estaba inconsolable, sin importar lo que cualquiera le dijera.

Mientras tanto, habían llegado al campamento tres visitantes sin invitación. La mamá osa y sus dos cachorros exploraban el lugar.

Rápidamente, los oseznos descubrieron que era muy divertido hacer ruido con las ollas y las sartenes. Su mamá decidió que la tienda era un cubil estupendo, y se recostó cómodamente en su interior.

"¿Qué es ese ruido?", se preguntó Mickey

mientras regresaban al campamento. Con precaución,

se escondieron entre los arbustos cercanos y echaron

un vistazo al claro.

"¡Oh, no! ¡Cachorros de oso!", se quejó Tato.

"¡Shh!", les advirtió Mickey. "Quizá se vayan

pronto. ¿Acaso no es gracioso que no se hayan comido los demás alimentos todavía?"

De repente, Nico se dio cuenta de lo que había sucedido con la carne. "¡Apuesto a que no tienen hambre!", exclamó. "Ellos son los que se comieron nuestra carne."

"¡Tío Mickey!", susurró Tato. "¡Mira, algo se mueve dentro de nuestra tienda!"

"Grrrr", gruñó suavemente la mamá osa al voltearse para descansar sobre su otro costado.

"¡Debe ser la madre de los oseznos!", exclamó Mickey con preocupación. "¿Cómo haremos para sacarla de ahí?"

Goofy

pensó: Debo

hacer algo, si

no, todo nuestro

viaje se habrá

estropeado... y

será mi culpa.

Miró a su

alrededor y notó

un cubo de agua

que estaba cerca

de la fogata.

Eso le dio una idea.

Mientras Mickey y los chicos miraban con ansiedad, Goofy se arrastró fuera del arbusto, directo hacia el cubo de agua. Nunca se había movido tan callada y cuidadosamente en toda su vida. Tomando el cubo, regresó muy lentamente hasta el arbusto.

Ahora, pensó Goofy mientras se escondía detrás del tronco de un árbol grande, treparé a este árbol y les echaré el agua a los osos. ¡Un baño los ahuyentará!

Sin embargo, los oseznos habían visto desaparecer el cubo entre los arbustos y estaban mirando a ver si reaparecía. Al poco rato, ¡vieron al cubo subir lenta y torpemente por un lado del tronco del árbol!

"¡Ahí viene la mamá osa!", le advirtió Mickey. "Quiere ver por qué los oseznos están tan callados."

Trepar por el árbol
resultó más difícil de lo
que Goofy había imaginado.
Ahora debo estar lo
suficientemente alto,
pensó mientras trataba
de alcanzar una rama
por encima de su cabeza.
Asomó un poco por el tronco

y se preparó a tomar puntería. ¿Y qué fue lo que vio?

A los tres osos... ¡que lo miraban a él!

En ese mismo instante, la rama se rompió.

"¡AUXILIO!", gritó Goofy.

¡Pum! ¡Plas! ¡Hojas, rama de árbol, varas, cubo, agua y Goofy cayeron sobre el techo de la tienda, aplastándola! Sobresaltada, la mamá osa decidió que ella y sus hijos habían visto suficiente, y los tres corrieron, desapareciendo en el espeso bosque.

"¡Ya se fueron los osos! ¡Ya se fueron los osos!", gritaban los cuatro campistas con alivio.

Esa noche, a salvo cerca de la fogata, Nico dijo: "¡Pasamos un día muy emocionante!"

"Goofy encontró la manera perfecta de mandar a los osos a casa", dijo Mickey. "¡Salvó todo el viaje!"

"Oh, no fue nada", dijo Goofy tímidamente.

Pero estaba sonriendo de oreja a oreja.

WALT DISNEY

Algunos patos son demasiado afortunados

Era un cálido día de verano, pero el Pato Donald no estaba afuera disfrutando del hermoso clima soleado. En lugar de eso, paseaba de un lado a otro de la casa. Estaba muy inquieto.

"Tío Donald, ¿te sientes bien?", le preguntó Hugo.

"¿Qué te pasa?", le preguntó Paco.

"¡Deja de caminar! ¡Me estás mareando!", exclamó Luis.

"Hoy es el cumpleaños de Daisy", declaró Donald, "y necesito darle un regalo mejor que el que le dé Pánfilo Ganso. Pero no sé qué comprarle".

"Eso es fácil, tío Donald", dijo Hugo.

"Simplemente, dale un regalo más grande y elegante que el de Pánfilo Ganso", dijo Paco.

"Pero Pánfilo tiene muy buena suerte, y a mí siempre me va mal.

Además, no tengo un centavo", se quejó Donald. "Probablemente, él le comprará a Daisy algo caro. ¿Y cómo voy a comprarle algo mejor si ni siquiera sé qué le dará él?"

En ese momento, Donald miró por la ventana y vio que alguien caminaba por la acera.

"¡Es Pánfilo Ganso!", exclamó. "Quizá éste sea mi día de suerte, después de todo. Lo seguiré por todo el pueblo hasta que vea qué compra para Daisy."

Mientras tanto, Pánfilo Ganso también estaba preocupado por el regalo de Daisy.

Espero tener suerte hoy, pensaba al caminar por la calle. Tengo que encontrar un regalo verdaderamente estupendo para el cumpleaños de Daisy.

"¡Ah, aquí está mi buena suerte!", exclamó Pánfilo al ver algo de dinero tirado en la acera. Pero tan sólo era un billete de un dólar.

"Hasta lo más pequeño ayuda", dijo Pánfilo suspirando, mientras guardaba el billete en su bolsillo.

El pobre Donald refunfuñó mientras miraba a Pánfilo guardar el dinero. Algunos patos son demasiado afortunados, pensó Donald.

Cuando comenzó a caminar de nuevo, Pánfilo Ganso tuvo una extraña sensación. "Creo que me están siguiendo", pensó.

Pánfilo se detuvo frente a una joyería y fingió mirar el escaparate. Quería saber quién lo estaba siguiendo.

Cuando reconoció el reflejo del Pato Donald en la ventana de la tienda, soltó una risita.

"Apuesto a que Donald está tan preocupado por el regalo para Daisy como yo", pensó Pánfilo. ¡Y sé cómo darle un buen susto!

Pánfilo Ganso entró a la joyería y echó un vistazo. Al poco rato, descubrió unos deslumbrantes brazaletes de brillantes.

Levantó uno, asegurándose de que el Pato Donald lo viera. Quería que Donald pensara que le iba a dar a Daisy un brazalete de brillantes en su cumpleaños.

En el exterior, el pobre Donald volvió a refunfuñar. ¡Debe haber encontrado un billete de mil dólares! Y

ahora le está comprando a Daisy un brazalete de brillantes. "Algunos patos son demasiado afortunados", pensaba Donald.

La siguiente parada de Pánfilo fue en la Boutique

Bombón, donde

se vendían los

chocolates

más caros y

deliciosos de

Patolandia.

Y era una

de las tiendas

favoritas de

Daisy.

Después de que Pánfilo saliera de la tienda, Donald entró, y casi se desmaya cuando el empleado le dijo el precio de un bombón de chocolate de 14 quilates.

Donald volvió a alcanzar a Pánfilo Ganso afuera de la Perfumería El Aroma del Éxito. Pánfilo no pudo resistir la tentación de molestar a Donald.

"Es un gusto encontrarte aquí, Donald. Precisamente, estaba tratando de decidir qué darle a Daisy en su cumpleaños: un brazalete de brillantes, un bombón de chocolate de 14 quilates, o un frasco de Oro Líquido:

Un Perfume Demasiado Caro para Usarlo", dijo Pánfilo alegremente.

Donald se escabulló de ahí.

"Supongo que no es mi día de suerte, después de todo", pensó. "No debí haber seguido a Pánfilo. Él es demasiado afortunado."

Pánfilo Ganso se reía

mientras Donald se alejaba, pero pronto recordó que

aún no tenía un regalo

para Daisy, y sólo

tenía un dólar en su

bolsillo. "Necesito

algo de buena suerte,

y la necesito ahora",

pensaba Pánfilo al

regresar deprisa a casa.

"¡Hola, señor Ganso", dijo el cartero. "Acabo de dejar

una carta de entrega especial en su buzón."

"Tal vez gané otro concurso", dijo Pánfilo mientras abría el sobre. Con gran ilusión, leyó: "Ha sido

seleccionado para recibir una cena gratis para dos en la gran inauguración de Chez Swann, el restaurante más lujoso de Patolandia."

Pánfilo saltó de gusto. "¡Otro golpe de buena suerte! Éste es el regalo perfecto para Daisy. Donald no podrá superarlo."

Mientras tanto, el Pato Donald subía tristemente

las escaleras

de su casa.

"Tenemos

una gran

sorpresa

para ti, tío

Donald",

dijeron

Hugo, Paco

y Luis.

"No me interesan las sorpresas", dijo Donald con un gruñido. "Pero descubrimos qué es lo que más quiere la tía Daisy para su cumpleaños, y lo tenemos listo para que se lo des", dijo Hugo.

"El regalo está bien envuelto y espera en el auto", agregó Luis.

"¡Vamos!", gritó Paco, corriendo hacia el auto.

Donald y sus sobrinos habían estado apenas un

rato en casa de Daisy

cuando tocaron a la

puerta. Era Pánfilo

Ganso.

"¡Feliz

cumpleaños, querida

Daisy!", exclamó

Pánfilo. "¿Te gustaría

ir a la noche de inauguración de Chez Swann, el

restaurante más lujoso de Patolandia?"

"Me encantaría ir, Pánfilo", contestó Daisy, "pero no puedo separarme del precioso gatito que Donald me acaba de regalar".

Daisy acarició al gatito, que ronroneó, ronroneó y ronroneó.

"¡Pero tengo una maravillosa

idea!", exclamó Daisy. "¿Por qué no van Donald y

tú juntos a mi cena de cumpleaños? Pueden ir a Chez Swann y cantarme 'Feliz cumpleaños'." Entonces, Daisy les señaló a ambos la puerta.

El Pato Donald lo pasó muy bien en Chez Swann. Levantó su copa y brindó: "¡Por Daisy!"

"¡Por Daisy!", asintió Pánfilo Ganso, y después refunfuñó: "Algunos patos son demasiado afortunados."

Walt Disney

MICKEY MOUSE

y la
tienda de mascotas

El señor Palmer, dueño de la tienda de mascotas local, saldría de viaje por una noche. No podía dejar solos a los animales, de modo que le pidió a su

buen amigo Mickey que se ocupara de la tienda mientras él no estaba y le dio muchas instrucciones para cuidar de los animales.

"Regresaré mañana en la tarde", dijo el señor Palmer mientras se despedía. "Supongo que no habrá ningún problema."

"Disfrute su viaje", gritó Mickey. "¡Esto será muy fácil!" "¡Muy fácil!", repitió el loro, la mascota del señor Palmer.

Cuando el señor Palmer se fue, Mickey rápidamente se instaló y decidió que quería conocer a todos los animales a los que iba a cuidar. Así que caminó por el

lugar, mirando los peces de colores, los loros parlantes, los gatitos mimosos y los perritos peludos. Todos los animales parecían contentos... es decir, todos excepto uno. Un lindo perrito estaba gimiendo y lloriqueando de la manera más triste.

"Pobre amiguito", dijo Mickey. "Lo que necesitas es un poco de atención."

Mickey levantó al cachorrito de la perrera.

"Tranquilo, chico", le dijo. Pero el bullicioso perrito estaba ansioso por salir y se escurrió de los brazos de Mickey. Después, corrió hacia la pecera para beber un poco de agua.

"¡Cuidado!", chilló el loro. "¡Cuidado!"

Pero era demasiado tarde. El perrito derribó la

pecera. ¡Crash! La pecera cayó al suelo y se rompió

en mil
pedazos.
Y el
pobre
pez salió
volando
por el
cuarto.

"¡Te tengo!", gritó Mickey cuando atrapó al pez.

Luego lo puso

en una nueva

pecera.

"¡Crash!

¡Crash!", graznó

el loro, agitando

furiosamente sus

alas.

"Esa no era

una buena manera de comenzar el día", pensó Mickey.

Mickey decidió que sería mejor regresar al cachorrito a la perrera. "Ahora no puedes causar más problemas", le dijo.

En ese instante, escuchó que se abría la puerta.

Era su primer cliente del día, y Mickey estaba emocionado. Tan emocionado que olvidó cerrar la puerta de la perrera.

"¿En qué puedo servirla?", preguntó Mickey.

Pero antes de que la clienta pudiera contestar, el perrito escapó y abrió la jaula donde estaban cuatro ratones.

Los ratones escaparon y corretearon por toda la tienda.

"¡Uuuy! ¡Regresaré más tarde, mucho más tarde!", gritó la clienta y salió corriendo de la tienda.

Después de que la clienta se fue, Mickey persiguió a todas las mascotas y las volvió a poner en su lugar. Esta vez, se aseguró de cerrar la puerta de la perrera.

"No te preocupes, muchacho", le dijo al perrito. "Alguien te comprará, ya lo verás."

Esa noche, Mickey se quedó en la alcoba que estaba arriba de la tienda de mascotas. Mientras intentaba dormir, el perrito aullaba con todas sus fuerzas.

Mickey trató de esconderse bajo las mantas, pero eso no funcionó. Después, probó taparse las orejas con una almohada, pero eso tampoco funcionó. Mickey no sabía qué hacer.

Por fin, el cachorrito obtuvo exactamente lo que quería: ¡un lugar acogedor bajo las mantas, justo al lado de Mickey!

A la mañana siguiente, cuando Mickey despertó, el perrito se había ido. Mickey lo buscó por toda la casa, pero no lo encontró en ninguna parte. Quizá está abajo, en la tienda de mascotas, pensó Mickey. Entonces bajó las escaleras.

Cuando entró a la tienda, no podía creer lo que veía. ¡El lugar era un caos! Había libros esparcidos por todo el piso, y habían volcado una de las plantas. ¡Y lo peor fue que no pudo encontrar al perrito por ningún lado!

Mickey se vistió y comenzó a buscar de arriba abajo a su amiguito. Después de revisar toda la tienda, Mickey estaba a punto de darse por vencido, pero decidió buscar en el almacén, por si acaso el cachorrito hubiera logrado entrar ahí. Efectivamente, alcanzó a

ver un bulto bamboleante de comida para peces. El perrito estaba dentro del saco.

Mickey recogió al perrito, lo llevó a la perrera y cerró la puerta. "Ahora no podrás causar más problemas", le dijo.

"Bueno", agregó Mickey con un suspiro, "supongo que debo comenzar a limpiar la tienda".

Mientras trabajaba, Mickey escuchaba los ladridos del perrito en la perrera, y se sintió mal por el cachorro, así que volvió a dejarlo salir. Esta vez, el perrito fue muy servicial: ayudó a Mickey a poner los libros de nuevo en la repisa, lo ayudó a limpiar el mostrador, y lo ayudó a barrer el polvo.

"Tal vez seas un bribón", dijo Mickey, "pero sin duda me estoy acostumbrando a tenerte cerca".

Cuando terminaron la limpieza, Mickey puso de nuevo al perrito en la perrera, y entonces llegó el señor Palmer. "Parece que todo funcionó de maravilla", dijo. "Espero que ninguno de los animales te haya dado problemas."

"Fue pan comido", contestó un Mickey muy fatigado. Entonces, el señor Palmer le entregó a Mickey su paga. "Gracias por ayudarme", le dijo.

"Espero que regreses pronto."

Mickey sólo sonrió.

Cuando Mickey estaba a punto de irse, el perrito comenzó a aullar y a rasguñar la puerta de la perrera. "Yo también te voy a extrañar, amiguito", le dijo Mickey con tristeza.

De pronto,
Mickey tuvo
una gran idea:
¡se llevaría
al perrito en
lugar de su
paga! Ahora,
todos estaban
muy

contentos... sobre todo el loro, que chilló: "¡Y no
regresen nunca!"

"¿Pero cómo te llamaré?", le preguntó Mickey al
perrito.

En ese momento, vio el encabezado de un periódico que decía: ¡NUEVAS FOTOGRAFÍAS DEL PLANETA PLUTÓN!

"¡Eso es! ¡Te llamaré Pluto!", exclamó Mickey.

Pluto le dio un gran beso mojado a su nuevo amo, y desde ese día, Mickey y Pluto fueron grandes amigos.

WALT DISNEY

GOOFY

DEPORTISTA Y EL ROBOT CORREDOR

Era el día de las carreras, y la multitud estaba de pie, aplaudiendo y gritando. Los fotógrafos de noticias tomaban rápidamente una foto tras otra.

Con un último impulso de velocidad, Goofy Deportista corrió hasta la línea de meta. ¡Había ganado la carrera!

"¡Qué gran atleta es Goofy Deportista!", gritó un aficionado.

"¡Corre como el viento!", exclamó otro.

Pero había un espectador que no había venido a aclamar a Goofy Deportista. Su nombre era Pedro el Malo, y era un estafador. Pedro miraba mientras el alcalde le entregaba a Goofy Deportista

un trofeo.
Después, el
alcalde le dio
a Goofy un
cheque por una
gran cantidad
de dinero.

"Ése es el
último premio que Goofy Deportista va a ganar", se
dijo Pedro. "La próxima vez, ¡seré yo quien cobre el
cheque!" Y con eso, Pedro salió dando fuertes pisadas.

El alcalde quería dar un largo discurso, pero Goofy Deportista

se disculpó rápidamente. "Tengo que hacer algunas diligencias", le dijo al alcalde, y se fue.

Primero, Goofy Deportista corrió hasta el banco, donde cobró su cheque. Después, salió como rayo hacia una tienda de artículos deportivos, donde compró raquetas, bates, pelotas y otros equipos deportivos. Y luego atravesó corriendo todo el pueblo.

Dejó de correr cuando llegó al orfanato. "Miren lo que les traje", les decía a los niños y a las niñas mientras les entregaba todo ese equipo.

Los ojos de los niños siempre brillaban de alegría cuando Goofy Deportista venía a visitarlos. Era su mejor amigo.

Uno por uno, todos los niños le dieron las gracias a Goofy Deportista por el equipo, y el director del orfanato se lo agradeció también.

"Hay otra carrera la próxima semana", les dijo Goofy Deportista. "Si gano el premio

de dinero otra vez, voy a comprar ese campo de allá para ustedes, chicos. ¡Entonces tendrán mucho espacio para correr y jugar!"

Mientras tanto, Pedro el Malo estaba planeando algo muy deshonesto. Estaba ensamblando un robot y cuando lo terminara, iba a hacerlo entrar en la carrera contra Goofy Deportista.

"Mi robot se parecerá tanto a una persona de verdad", se decía gruñendo Pedro, "¡que los engañará a todos!"

A la semana siguiente, los corredores llegaron a la pista. De nuevo, vinieron multitudes de personas a ver correr a Goofy Deportista. Todos estaban tan contentos de ver a Goofy que no le prestaron atención al nuevo corredor que Pedro había inscrito en la carrera.

"Se llama Zippy", le dijo Pedro al juez de inscripciones.

Mientras los corredores se colocaban en la línea para iniciar la carrera, Pedro se escondió detrás de una cerca. Quería estar seguro de que nadie lo viera presionar los botones del control remoto que haría que su robot corriera.

El juez dio la señal y ¡zuuum!, los atletas salieron corriendo.

Goofy Deportista tenía una mirada decidida en el rostro. Estaba pensando en los niños del orfanato.

"Debo ganar esta carrera para poder comprarles el campo de juego", pensaba.

Observando desde su escondite, Pedro comenzó a preocuparse: a cada paso, Goofy Deportista dejaba más atrás al robot Zippy.

Al poco rato, los corredores se aproximaban a la línea de meta. "¡No, no lo harás, Goofy Deportista!", gruñó Pedro y presionó el botón de EXTRA RAPIDEZ de su control remoto y ¡zuuum!, Zippy se adelantó y ganó la carrera.

Goofy Deportista se sintió triste, porque perder la carrera significaba que no podría comprar el campo  de juego para los niños del orfanato. Aun así, felicitó al ganador, porque siempre era un buen deportista.

El alcalde también estrechó la mano de Zippy y le dijo: "Aquí está tu trofeo. Aquí está tu cheque."

En ese preciso instante, Pedro apareció y rápidamente arrebató el cheque de la mano del alcalde. "Yo tomaré esto", gruñó. "¡Soy su representante!"

Había una razón por la que Pedro estaba tan apurado: había hecho que su endeble robot corriera extra rápido, y ahora temía que comenzara a desintegrarse.

Aferrando la mano de Zippy, Pedro comenzó a correr.

De pronto, salieron nubecillas de humo de las orejas del robot. Un resorte del interior del robot se soltó y ¡ping!, ¡la cabeza salió volando! Todos quedaron boquiabiertos por la sorpresa.

"Eso no es una PERSONA", dijo el alcalde. "¡Es un ROBOT!"

Mientras Zippy continuaba desintegrándose, Pedro lo abandonó y trató de

escapar con el trofeo y el cheque. El alcalde se paró frente a él. "¡Oh, no! ¡No lo harás, truhán!", le dijo.

"Los robots no pueden competir en carreras con PESONAS", continuó el alcalde. "Eso es trampa."

El alcalde le quitó el trofeo y el cheque a Pedro el Malo y se los dio a Goofy Deportista. "Tú eres el auténtico ganador", declaró.

"¡Siempre que hago trampa, me atrapan!",
rezongaba Pedro haciendo una pataleta.

El día después de la carrera, Goofy Deportista cumplió su promesa: compró el campo de juego con su dinero del premio.

"Ahora, los niños y las niñas podrán hacer mucho ejercicio", le dijo Goofy Deportista al director del orfanato.

El director asintió con la cabeza y dijo:
"¡Verdaderamente, eres el mejor amigo que cualquier niño pudiera tener, Goofy Deportista!"

WALT DISNEY

El pato
DONALD
pinta su casa

El Pato Donald estaba en su jardín trasero, tomando una siesta en su hamaca, cuando de pronto escuchó que alguien gritaba: "¡Pato Donald, despierta!"

Efectivamente, la voz aguda y regañona despertó a Donald de un adorable sueño. Sobresaltado, se sentó en la hamaca y miró a sus vecinos,

que estaban reunidos alrededor de él.

Todos miraban fijamente a Donald y

no parecían muy felices.

"¿Qué está pasando aquí?",

les preguntó. "¿Algo anda mal?"

"Sin duda, algo anda mal", dijo la dama que vivía al lado. "Pato Donald, esta es la Semana de la Limpieza, y todos hemos estado ocupados durante días pintando nuestras casas para que se vean bonitas. Ahora queremos saber cuándo planeas reparar tu casa.

Es el lugar con peor aspecto de la cuadra."

"Oh, no está tan mal", dijo Donald, mirando la pintura carcomida y desprendida de su casa. "Algún día me encargaré de eso, pero en este momento voy a tomar una siesta."

"¡Oh, no! ¡No lo harás, Pato Donald!", respondió la dama, señalándolo con su dedo. "Pintarás tu casa hoy. O si no, tendrás que vértelas con todos nosotros."

Todos los vecinos miraron furiosos a Donald. No quería que todos estuvieran disgustados con él, así que dijo: "Está bien. Lo haré de inmediato."

Entonces, los vecinos de Donald comenzaron a regresar a sus casas, murmurando y agitando sus cabezas.

Después de que se fueron sus vecinos, Donald se

acostó en su hamaca con el ceño fruncido. Aunque les

había dicho que pintaría su casa, en realidad no quería

hacerlo. Pero a menos que se le ocurriera algo

rápidamente,

tenía varias

horas de

arduo

trabajo

frente a él.

"¿Qué pasa, Donald? ¿Estás herido?", le preguntaron dos ardillitas.

Donald miró hacia arriba y vio a Chip y Dale que lo observaban desde una rama de arce. De pronto, se le ocurrió una maravillosa idea.

"Así es, chicos", dijo haciendo una mueca.
"Me caí y me torcí la pierna. Y los vecinos dicen que tengo que pintar mi casa hoy mismo, ¡o ya veré!"
"Oye, eso está muy mal", dijeron las ardillitas con tristeza.

"Supongo que ustedes no podrán ayudarme, ¿verdad, amiguitos?", preguntó Donald taimadamente.

"¿Te refieres a ayudarte a pintar?", preguntó Chip.

"¿Nosotros?", dijo Dale. "Así es", dijo Donald. "En realidad es muy divertido. Desearía poder hacerlo yo mismo, pero no puedo."

"Bueno...", dijeron las ardillitas, dudosas. Pero era demasiado tarde.

Donald, que cojeaba ligeramente, ya los estaba empujando hacia la cochera. "Ahí está la pintura", dijo. "Y las brochas están en la repisa. Muchas gracias por ayudarme, amiguitos."

En cuanto Chip y Dale entraron a la cochera, Donald soltó una carcajada. "¡Qué pato tan astuto soy!", se dijo. "Mi casa estará pintada, ¡y yo no tendré que hacer ni una sola cosa!"

Chip y Dale nunca antes habían pintado una casa, y no sabían por dónde empezar. Pero en la cochera encontraron la pintura que necesitaban y juntos, con todas sus fuerzas, arrastraron los cubos de pintura al exterior.

Las brochas eran demasiado pesadas para ellos, así que en lugar se usarlas, empaparon sus peludas colas en la pintura.
Corrieron de aquí para allá alrededor de la casa, pintándola con sus colas, y cambiaron el color de la casa de un gris sucio a un amarillo soleado brillante.

Unas cuantas horas más tarde, toda la casa estaba pintada, y Chip y Dale estaban exhaustos.

"¡Fíuu! ¡Este trabajo es pesado!", exclamó Chip. "Desgasté todo el pelo de mi hermosa cola."

"Yo también", dijo Dale. "Pero el pobre Donald de verdad necesitaba nuestra ayuda. Vamos a decirle que ya terminamos."

Fatigadas, las dos ardillas caminaron trabajosamente alrededor de la casa. Les emocionaba mucho mostrarle a Donald el excelente trabajo que hicieron. Sin embargo, cuando llegaron al jardín trasero, no podían creer lo que veían.

¡La hamaca estaba vacía!

Buscaron por los alrededores, pero no encontraron a

Donald en

ninguna parte.

"¡Cielos!

¡Se ha...ido!",

exclamó Chip.

"¡Espera!

¡Mira allá!",

gritó Dale.

"Ahí va,

saltando por la

calle. ¡Nos engañó!"

Al principio, las ardillas estaban demasiado enfadadas para hacer algo. Ni siquiera podían creer que el Pato Donald las hubiera engañado. Se sentaron en silencio unos momentos y de pronto, las dos ardillas se miraron una a la otra. Tenían una idea perfecta:

"¡Regresemos por la pintura!", se gritaron mientras volvían a toda prisa a la cochera.

"Pintura roja, pintura blanca, pintura violeta y pintura verde", gritó Chip, señalando la repisa.

"¡Le daremos su merecido a ese pato taimado!", refunfuñó Dale.

Y lo hicieron. Durante la siguiente hora, pintaron más rápido que nunca.

Cuando terminaron, habían...pintado los barandales del portal con rayas blancas y de color rojo vivo...

pintado ondas violeta alrededor de cada ventana...

pintado un diseño diferente en cada
contraventana...

pintado una cara grande y graciosa en la puerta
principal del Pato Donald...

y por último, pero no menos
importante, pintaron lunares amarillos
y rosas en el techo.

Si hubieras pasado por la casa del Pato Donald esa tarde, habrías visto algo muy extraño. Todos los vecinos se habían reunido en un círculo frente a la casa. Parecían muy molestos. Y en el centro del círculo estaba el Pato Donald.

Tenía una brocha en una mano, y con la otra sostenía un cubo de pintura.

"Es más", dijo la dama de al lado, "nos quedaremos

aquí hasta que hayas limpiado hasta el último rincón, Pato Donald. ¡Ahora, ponte a trabajar!"

"Así es, ponte a trabajar", repitieron dos vocecillas. Y si hubieras levantado la vista en ese preciso instante, habrías visto dos ardillitas desternillándose de risa en lo alto del arce.

WALT DISNEY
MICKEY MOUSE
y un
gatito de cuidado

"¡Adivinen qué!", les dijo Mickey Mouse a sus sobrinos Nico y Tato. "Vamos a cuidar un gatito. Minnie nos dejará a su gatito Fígaro esta noche, mientras visita a su prima Millie."

En ese momento, se escucharon graznidos, aleteos

y cacareos en la casa de al lado. De pronto, Pluto el

cachorro apareció corriendo por el césped, seguido

de cerca por un gallo grande y furioso.

Pluto se escondió bajo los escalones de la terraza, mientras Mickey ahuyentaba al gallo para que regresara a su propio patio. "¡Pluto", lo regañó Minnie.

"¡Otra vez persiguiendo gallinas! ¿No te da vergüenza?"

Pluto sí estaba un poco avergonzado, pero sólo porque había dejado que el gallo lo amedrentara.

Salió arrastrándose de su escondite, y luego meneó la cola y mansamente trató de sonreír.

"Creo
que es bueno
que Fígaro
se quede con
ustedes", le
dijo Minnie
a Mickey.

"Fígaro es un
caballerito y puede enseñarle a Pluto cómo
comportarse."

Con eso, Minnie le entregó el gatito a Mickey
y después se subió a su auto y se fue.

En cuanto Minnie se perdió de vista, Fígaro saltó de los brazos de Mickey y entró a tropezones a la casa. En la cocina, vio una jarra de crema sobre la mesa.

Con un corto salto, Fígaro se subió a la mesa y alcanzó la crema. La jarra se tambaleó, y luego se volcó.

La crema derramada se escurrió por la mesa y cayó al piso.

Pluto dio un gruñido de advertencia mientras Fígaro lamía la crema.

"Tranquilo, Pluto", le dijo Mickey, limpiando el desorden. "Fígaro es nuestro invitado." Cuando Fígaro lo escuchó, arrugó la nariz frente a Pluto y le sacó la lengua.

Más tarde, ese mismo día, Fígaro corrió por las cenizas de la chimenea y dejó huellas de hollín en la alfombra.

"Fígaro es un pequeño invitado muy desaseado", dijo Tato mientras sacaba la aspiradora.

A la hora de la cena, Pluto se comió su alimento para perros, como todo un buen perro. Pero sin importar cuánto trataran de persuadirlo Mickey y los chicos, Fígaro no tocó la comida especial que Minnie había dejado para él.
Al fin, mordisqueó unas cuantas sardinas importadas. "Es un pequeño invitado

melindroso", dijo Nico.   A la hora de dormir, Pluto se acurrucó en su cesta sin una queja.

Sin embargo, Fígaro no quería utilizar el suave y fino cojín que Minnie le había traído, y en lugar de

eso, se subió a la cama de Nico y le mordisqueó los pies. Después fue a la cama de Tato y le hizo cosquillas en las orejas.

Por fin, dio un salto para ir a la cocina, y la casa quedó en silencio.   "Tío Mickey", gritó Nico,

"¿recordaste cerrar la ventana de la cocina?"

"¡Oh, no!", exclamó Mickey, saltando de la cama, y luego corrió rápidamente a la cocina.

La ventana de la cocina estaba medio abierta, ¡y no se veía a Fígaro por ninguna parte!

"¡Fígaro!", gritaban Mickey y los chicos, buscando por toda la casa. Buscaron en el piso de arriba y en

el de abajo, debajo de cada silla y detrás de cada puerta, pero no pudieron encontrar al gatito.

Incluso fueron al jardín y buscaron debajo de cada arbusto y detrás de cada árbol.

Pero aún no podían encontrar a Fígaro.

"Realmente escapó", dijo Mickey por fin, y Nico y Tato lo siguieron hasta la casa, donde Mickey se puso una chaqueta sobre su pijama.

"Ustedes dos, quédense aquí", les dijo a los chicos. "Pluto y yo buscaremos a Fígaro. Déjennos encendida la luz del portal."

Pluto no agitó su cola, y ni siquiera trató de sonreír cuando se levantó de su cómoda cesta. Pero salió a ayudar a Mickey en su búsqueda.

Primero fueron a la casa de Minnie, pero Fígaro no estaba ahí.

Después siguieron por la calle hasta llegar al parque. "¿Ha visto un gatito negro y blanco?", le preguntó Mickey al policía de la entrada.

"¡Por supuesto que sí!", contestó el policía. "Estaba junto al estanque, ¡molestando a los patos!"

Mickey y Pluto corrieron hacia el estanque, pero Fígaro tampoco estaba ahí, aunque sí había estado, porque dejó unas pequeñas huellas de lodo.

Mickey y Pluto siguieron el rastro de las huellas hasta la Calle Principal, donde se encontraron con unos bomberos.

"Estoy buscando un gatito negro y blanco", dijo Mickey.

"Acabamos de rescatar a un gatito negro y blanco", dijo uno de los bomberos. "Había trepado a un poste de teléfonos y necesitaba ayuda para bajar. Corrió por el callejón."

En el callejón, el conductor de un camión de reparto de alimentos estaba limpiando unos huevos rotos.

"¿Ha visto un gatito?", le preguntó Mickey.

"¡Que si lo vi!", gritó el conductor. "¡Hizo caer mis cajas de huevos!"

Mickey refunfuñó al pagar los huevos rotos.

Cuando Mickey y Pluto finalmente regresaron cansados a casa, era de madrugada. Habían buscado por todo el pueblo. Incluso habían ido a la estación de policía, pero no encontraron a Fígaro.

"¿Qué dirá la tía Minnie?", preguntaron los chicos.

"No quiero ni pensar en lo que la tía Minnie dirá", contestó el pobre Mickey.

Al poco rato, Minnie llegó en su auto. Cuando salieron a saludarla, Mickey y los chicos parecían preocupados.

"¿Dónde está Fígaro?", preguntó Minnie. Nadie respondió.

"¡Algo le ha sucedido!", gritó Minnie. "¿Acaso no puedo confiar en ustedes para cuidar sólo un dulce gatito?"

En ese instante, se escucharon fuertes cacareos en el patio de la casa de al lado. Al menos media docena de gallinas frenéticas pasaron revoloteando sobre la cerca. Detrás de las gallinas, muy cerca, estaba Fígaro.

"¡Ahí está tu dulce gatito!", exclamó Mickey.

"¡Fígaro!", gritó Minnie, que no podía creer lo que estaba viendo.

Al escuchar su voz, Fígaro se detuvo de golpe. Se sentó, maulló suavemente y trató de acicalar rápidamente su empolvada piel con su pequeña lengua rosa.

"Se escapó anoche", le explicó Mickey. "Molestó a los patos en el parque y rompió los huevos del camión de reparto y..."

"¡Y ahora está persiguiendo gallinas!", concluyó Minnie.

"Tenía la esperanza de que le enseñara buenos modales a Pluto", continuó Minnie. "Y en lugar de eso, Pluto le enseñó a hacer esas cosas desagradables. ¡Molestar a los patos! ¡Perseguir a las gallinas! ¡Es inconcebible! Nunca más lo volveré a dejar aquí."

"¡No fue culpa de Pluto!", protestó Nico.

"Pluto no hizo nada malo", agregó Tato. "No durmió en toda la noche, tratando de encontrar a Fígaro."

Pero Minnie no los escuchó. Recogió a Fígaro, se subió al auto y rápidamente se alejó.

"No se preocupen, chicos", les dijo Mickey. "Más tarde le contaremos la historia, cuando no esté tan enfadada."

"Por favor, no se lo digas muy pronto", le suplicó Nico. "Mientras la tía Minnie piense que Pluto es un perro malo, no tendremos que cuidar a Fígaro."

Mickey sonrió y dijo: "Quizá debamos esperar un tiempo. Nos vendría bien un poco de paz y tranquilidad. Y aprendimos una cosa: cuidar gatitos es algo de cuidado."

WALT DISNEY
EL PATO
DONALD
Y EL TESORO ENTERRADO

Una tarde, el Pato Donald y sus sobrinos, Hugo, Paco y Luis, daban un paseo en auto, atravesando un pequeño pueblo en la orilla del mar. Los sobrinos querían mirar los barcos que entraban y salían de la bahía. Y precisamente cuando estaban a punto de preguntarle a su tío si podían ver más de cerca los barcos, Donald frenó de pronto.

"¿Qué sucede, tío Donald?", preguntaron sus sobrinos.

Donald señaló el letrero de una tienda, que decía: ARTÍCULOS DE PESCA. En la ventana de la tienda, otro letrero decía: AUTÉNTICOS MAPAS DE PIRATAS 25 CTVS.

"¡Un tesoro pirata!", gritaron los chicos. "¡Yupiii!"

¿Podemos comprar un mapa, tío Donald? ¿Por favor? "Por supuesto", dijo Donald con una gran sonrisa.

Donald

entró a la

tienda y

encontró al

encargado.

"¿Buscan

un mapa del tesoro?", les preguntó taimadamente

el encargado.

Donald asintió con la cabeza, y el hombre

le entregó un mapa enrollado.

"Bastante barato", dijo Donald mientras le

daba al hombre los 25 centavos.

Y entonces, como los cazadores de tesoros necesitan otras cosas además de mapas, le vendió a Donald una pala, un pico, una brújula, cuerdas para halar el tesoro y sacos para cargarlo a casa. Por último, le rentó a Donald un bote... el más grande del muelle.

Siguiendo
con cuidado
el mapa del
tesoro,
Donald y sus
sobrinos al
poco rato

estaban remando hacia una isla. Donald bajó el ancla
y todos saltaron del bote.

"¡Ya llegamos!", exclamó Donald. "¡La Isla del
Tesoro!"

"¡Yupiii!", gritaron sus sobrinos.

Donald y sus sobrinos ataron el bote y pusieron pie en la isla. Entonces Donald leyó las instrucciones del mapa: "Busca el árbol con forma de horquilla. Da diez pasos hacia el norte. Después, cava."

Donald y sus sobrinos buscaron el árbol.

"¡Ahí está!", gritó Paco con emoción. "¡Vamos!"

En cuanto llegaron al árbol, comenzaron a cavar un hoyo diez pasos al norte. Pero no había ningún tesoro, así que cavaron un poco más: diez pasos al oeste, y uno más al este. Cavaron hoyos profundos, y cavaron hoyos anchos.

Pero no encontraron ningún tesoro.

Donald estaba furioso. Arrojó su pala y miró fijamente el mapa del tesoro. "¡Este mapa es falso!", gritó. "No hay un tesoro enterrado en esta isla. ¡Bah!"

"¡Shh!", susurraron sus sobrinos. "No grites, tío Donald. Vas a ahuyentar al fantasma."

Donald parpadeó, preguntando: "¿Qué fantasma?""Debe ser el fantasma del Capitán Kidd", dijeron. "¡Escucha!"

Entonces, Donald también lo escuchó. Clank, clank, clank, clank.

"Lo-los fantasmas no existen", dijo Donald con voz temblorosa.

Pero sus sobrinos no estaban tan seguros, y lo convencieron de ver de dónde provenía el sonido.

Poco a poco, subieron por una colina, siguiendo el sonido.

Miraron hacia abajo y vieron gente que cavaba por toda la isla. ¡Cada quien tenía un "auténtico" mapa del tesoro pirata!

"¡Lo sabía!", gritó Donald. "¡Esos mapas son falsos! Está bien, chicos, se burlaron de nosotros, pero de todos modos nos divertimos cavando. Ahora, vámonos."

Encontraron el camino de regreso al bote y Donald comenzó a levantar el ancla. ¡Tiraba y tiraba con todas sus fuerzas, pero no podía moverla!

"¡Denme una mano, chicos!", grito Donald.

Todos trabajaron juntos y finalmente, salió el ancla... llevando con ella un enorme cofre marinero de hierro.

Donald levantó el pico y exclamó: "¡Atrás, chicos!"

Con el primer golpe, el viejo cerrojo del cofre saltó y Donald levantó la tapa lentamente. Todos jadeaban... y después todos gritaron. Adentro había cientos y cientos de monedas de oro y plata.

"¡Lo encontramos!", gritaron los sobrinos. "¡Es un verdadero tesoro pirata! ¡Yupiii!"

"¡Sabía que lo encontraríamos!", exclamó Donald.

Estaban ansiosos por regresar a casa y contar todas sus monedas, así que remaron rápidamente hacia tierra firme y cargaron el cofre en el auto.

"Esperen sólo un segundo", dijo Donald, guiñándoles el ojo. Tenía que ocuparse de

AUTÉNTICOS MAPAS DE PIRATAS 25ctvs

algo antes de que regresaran a casa. Caminó hacia la tienda.

El dueño de la tienda estaba sonriendo. "Y bien, ¿cómo estuvo la búsqueda del tesoro?", le preguntó.

Donald dejó caer una moneda pirata en la mano del tendero. "Nada mal", contestó.

Los ojos del hombre casi se le salen al fijarse en la moneda de oro.

"Gracias por el mapa", le dijo Donald mientras se despedía y salía por la puerta.

Entonces Donald esperó afuera. En un instante, la puerta de la tienda se abrió de golpe y el hombre salió corriendo.

En una mano llevaba una pala, y en la otra un mapa. "¡Realmente son auténticos", gritaba.

Donald y sus sobrinos observaron cómo el tendero saltaba a su bote.

"¡Buena suerte!", le gritó Donald.

"¡Feliz búsqueda!", gritaron Hugo, Paco y Luis.

Todos dijeron adiós desde lejos

y regresaron a casa para contar

su auténtico tesoro pirata.

WALT DISNEY
El perro más valiente

Era un día luminoso y Minnie Mouse tomaba un baño de sol en el jardín trasero de Mickey Mouse. Pluto descansaba tranquilamente a su lado. De pronto,

Minnie y Pluto se levantaron de un salto al ver a Mickey salir a toda prisa de la casa y correr hacia su auto.

"¿Mickey, a dónde vas?", le preguntó Minnie.

"¡Hay problemas, Minnie!", gritó Mickey.

"Una caravana de circo pasaba por el pueblo, y algunos animales se soltaron. El alguacil llamó y me pidió que lo ayudara a encontrarlos antes de que comiencen a causar problemas."

Pluto también quería cazar animales salvajes, así que puso sus patas delanteras sobre la puerta del auto, rogando que lo llevara.

Pero Mickey rápidamente negó con la cabeza. "Esta vez no, Pluto", le dijo. "Quédate aquí con Minnie."

Entonces Mickey puso en marcha su auto y avanzó por el camino. "¡Guauf!", estornudó Pluto por la  nube de polvo. ¿Por qué siempre tenía que quedarse en casa? ¿Por qué no podía ser un cazador de animales salvajes, como Mickey?

Entonces, Pluto tuvo una gran idea. Tiró de la falda de Minnie, la miró suplicante y señaló con su pata hacia el camino.

Minnie sonrió. Sabía exactamente lo que Pluto deseaba hacer. "Bueno, está bien", dijo. "No creo que alguno de esos animales llegue hasta acá, y me gustaría dar un paseo, de todos modos. Es un día hermoso."

Feliz, Pluto fue adelante por el camino hacia el río. Después de todo, era un cazador.

Después de caminar durante un rato, Minnie
y Pluto llegaron a una pradera, y muy pronto
escucharon un agudo sonido que venía
de entre la hierba: "Sssss"
"¡Ay! ¡Serpientes! ¡Deben haberse escapado de
la caravana del circo!", exclamó Minnie. No le

agradaban las serpientes... de hecho, la asustaban
un poco.

Tampoco a Pluto le gustaban las serpientes. Pronto,
sus dientes comenzaron a castañetear y después su cola
se hizo un nudo, pero tenía que ser valiente. Después
de todo, era un cazador. Se abrió paso entre la alta
hierba y vio...

...¡una gata anaranjada, que tenía la espalda arqueada, y le siseaba ferozmente a Pluto! Detrás de ella dormían seis gatitos, acurrucados en un cómodo lecho de musgo.

"¡Oh...oh, cielos!", dijo Minnie con una risita. "Y pensábamos que esa gatita inofensiva era una serpiente. Vamos, Pluto, no debemos molestarla."

Ahora, Minnie y Pluto permanecieron muy cerca uno del otro. Si hubiera alguna serpiente de circo por los alrededores, ¡no querían toparse con ella!

"Pero sería divertido encontrar un osezno", dijo Minnie. "¡O una foca! Adoro las focas. Me pregunto si una foca podría llegar tan lejos."

Como si le respondieran, escucharon un chapuzón

en el río. También escucharon unos ladriditos agudos.

Minnie y

Pluto

miraron hacia

el río,

sorprendidos.

¿Podría

estar ahí una

foca de verdad?

Pluto tenía que averiguarlo. A veces, las focas ladraban. ¡Quizá finalmente esta era su oportunidad de atrapar un animal salvaje!

Rápidamente, Pluto corrió hacia el río, y cuando llegó,

fue como rayo hasta el muelle y se lanzó a las frías aguas.

Detrás de él venía Minnie. "¡Ten cuidado, Pluto!", exclamó.

Al acercarse, Pluto se dio cuenta de que no era una foca zambulléndose en el agua. Era un cachorrito que lloriqueaba.

En cuanto Minnie vio lo que Pluto había encontrado, le dijo: "¡Atrápalo, Pluto! Tráelo acá."

Pluto

hizo lo que

se le dijo y

un minuto

después, dejó

al cachorrito a

los pies de

Minnie.

"¡Una gata y un cachorrito!", se rió Minnie.
"¡Mejor no le contamos a nadie sobre nuestra cacería de animales salvajes!"
Acarició al tembloroso cachorrito hasta que estuvo seco. Después, el pequeño salió corriendo por el camino.

"¡Vamos, Pluto!", le decía Minnie, dándole palmaditas en la cabeza. "Yo te amo aunque jamás captures algo más salvaje que un cachorrito." Silenciosamente, siguieron su camino. El pobre Pluto iba con la cola entre las patas, y sus largas orejas caían tristemente. Realmente había deseado capturar uno de los animales del circo, y ahora quizá nunca tuviera la oportunidad.

"Regresemos a casa", sugirió Minnie. "Creo que lo que necesitas es un hueso enorme."

En la casa
de Mickey,
Minnie fue
directamente
a la cocina.
Abrió la
puerta, pero
entonces
se detuvo.

Había leche

derramada por todos lados, pedazos de platos rotos

en el piso, una silla estaba volcada y una ventana

estaba medio abierta, con la cortina ondeando con la fresca brisa de verano. "¡Oh, Pluto!", exclamó Minnie. "¡Alguien ha estado aquí! Quizá es uno de los animales del circo, ¡y tal vez siga escondido por aquí! ¿Qué haremos?"

Pluto gruñó valientemente y comenzó a olfatear toda la cocina en busca de un rastro. Por fin, ésta era su oportunidad de ser un cazador de animales salvajes.

"Ten cuidado", le dijo Minnie. "¡Puede ser feroz!"

Pluto ladró con fuerza y después saltó por la ventana y corrió por el jardín hasta el cobertizo de leña.

En ese momento, Mickey llegó en su auto. "Atrapamos a los animales", gritó. "Todos, excepto..."

Minnie corrió hacia Mickey y se puso un dedo en los labios, después señaló hacia el cobertizo donde Pluto estaba asomando lentamente la nariz por la puerta. Había dejado de ladrar, y hubo un silencio terrible cuando desapareció dentro del cobertizo.

Minnie contuvo el aliento.

Después, muy, muy lentamente, Pluto salió, agitando la cola con orgullo mientras caminaba hacia sus amigos.

Mickey se quedó boquiabierto, y luego comenzó a reír. Minnie también rió, y casi no podía creer lo que veía.

Pues ahí, en la espalda de Pluto, estaba sentado

un monito muy pequeño, que llevaba un volante

de circo de color rojo vivo alrededor del cuello.

"¡Pluto, lo hiciste!", exclamó Mickey. "Capturaste

al único animal salvaje que no pudimos encontrar.

Bueno, quizá no sea muy salvaje", agregó, mientras el monito saltaba a sus brazos. "¡Pero se necesitó mucho valor para entrar al cobertizo tras él!"

"Pluto piensa valientemente", dijo Minnie con orgullo. "Toda la tarde ha sido un perro valiente."

Cansado de tanto ajetreo, Pluto se recostó en el césped y soñó que le otorgaban una medalla por el siguiente animal salvaje que cazaría: ¡un elefante de diez toneladas, tan grande como un granero!

Walt Disney

Feliz travesía,
MICKEY MOUSE

Un lindo día de verano, Mickey Mouse le preguntó a su novia, Minnie, si quería dar un paseo en bote de remos.

"Me encantaría dar un paseo agradable y tranquilo en bote", dijo Minnie sonriendo. "Será divertido."

En ese momento, Goofy llegó corriendo. "¡Hey, Mickey!", gritó. "Es un día perfecto

para correr. ¿Quieres acompañarme?"

"No, gracias", contestó Mickey. "Hoy, Minnie y yo vamos a dar un paseo tranquilo y agradable en bote."

"Está bien", gritó Goofy. "Diviértanse."

Entonces, Mickey y Minnie se subieron al bote y comenzaron a remar. Mientras Goofy comenzaba a correr de nuevo, una traviesa ardilla cruzó su camino. Goofy no la vio, y le pisó la cola.

La ardilla dio un salto y cayó en el bote, sobre el

regazo de Mickey. Mickey estaba tan asombrado que

saltó. Esto

sorprendió a

Minnie, y ella

también saltó.

Toda esa

conmoción

hizo que el

bote se bamboleara. Y se movió tanto que se volcó,

arrojando a Mickey y a Minnie al agua.

Por suerte,
el Pato
Donald
estaba cerca,
en su lancha
rápida, y vio
lo ocurrido.

"¡No se preocupen! ¡Los rescataré!", gritó, y cuando

estuvieron a bordo, les dijo: "¿Por qué no pasean en mi

lancha un rato, amigos? Pueden tomarlo con calma y

dejar que el motor haga el trabajo."

"¡Gracias!", dijo Mickey, y él y Minnie se sentaron

atrás y se relajaron, escuchando el alegre puf-puf del

motor. Tal vez todavía podamos dar un paseo tranquilo

y agradable

en bote,

pensó

Mickey.

Pero

cuando la

lancha llegó

al centro del lago, ¡el motor se detuvo de repente!

"¡Oh, no!", refunfuñó Mickey. Ahora estaban atrapados en medio del lago y no tenían remos.

"¿Qué vamos a hacer?", preguntó Minnie.

"¡Esperen, tengo una idea!", exclamó el Pato Donald. Se quitó su sombrero y comenzó a remar con él. Por suerte, también Mickey y Minnie llevaban sombreros. Soplando y resoplando, remaron hasta llegar a la orilla.

Por fin estaban de nuevo en tierra, y lo último que

 Mickey quería

hacer era

volver al agua.

"Simplemente,

sentémonos en

estas cómodas

y agradables

sillas de playa",

le sugirió

a Minnie. "Sentados aquí, no nos meteremos en

problemas."

FELIZ TRAVESÍA, MICKEY MOUSE

Así que Mickey y Minnie descansaron bajo el sol unas cuantas horas, disfrutando estar secos, para variar. Y como ya era hora del almuerzo, compraron dos salchichas.

Mientras estaban disfrutando su almuerzo, Pluto llegó corriendo. Él también tenía hambre, y cuando vio los dos deliciosos bocadillos, decidió que quería uno. Así que saltó

al regazo de Mickey y trató de alcanzar la comida.

"¡Detente, muchacho!", gritó Mickey.

"Pluto", le dijo Minnie, "si quieres una salchicha, podemos comprarte una".

Pero era demasiado tarde...

¡Pluto hizo caer a Mickey y a Minnie directo en el agua!

"Aquí estamos, todos mojados de nuevo", dijo

Mickey, mientras él y Minnie nadaban hacia la orilla.

"No sé qué está pasando", dijo Minnie. "¡Parece

que no

podemos

permanecer

secos hoy!"

Cuando

regresaron

a tierra,

Mickey y

Minnie se calentaron bajo el sol.

Al poco rato, Hugo, Paco y Luis, los sobrinos de Donald, pasaron por ahí en su bote de vela.

"Hey, Mickey", gritó Paco.

"¿Quieren que les prestemos nuestro bote para ir a navegar? Hoy hay buen viento."

"Siempre he deseado navegar a vela", dijo Minnie con emoción. "Se supone que es muy divertido."

"Muy bien", asintió Mickey. "Creo que puedo darles una oportunidad

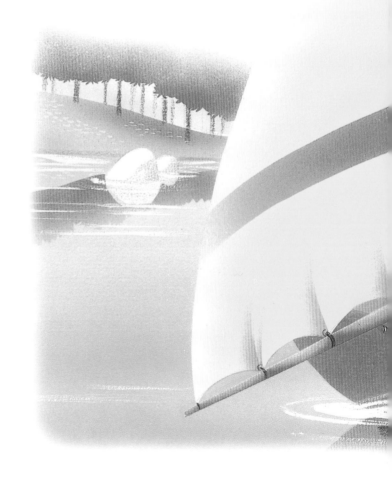

más a los botes."

Así que Mickey y Minnie saltaron al velero de los sobrinos y se alejaron.

"¡Ah, esto es vida!", exclamó Mickey. Era un día perfecto

para navegar.

"Sí, un tranquilo y agradable paseo en bote", dijo Minnie. "Ya era hora."

Pero de pronto, ¡el viento dejó de soplar!

Y entonces el bote dejó de moverse.

"¡Oh, no!", se quejó Mickey. "¡Estamos varados

de nuevo!"

Mickey y Minnie intentaron remar con las manos, pero no funcionó: sólo se movían en círculos.

"¿Qué vamos a hacer?", se preguntó Mickey. Los dos trataron de formular un plan, pero no podían pensar en nada. De pronto, Mickey levantó la mirada y vio a Goofy y al Pato Donald que venían hacia ellos, cada uno en un bote de remos.

WALT DISNEY
MICKEY MOUSE
y el
gran complot del lote

"¡Miren eso!", gritó Nico, mientras él y Tato soltaban su pelota de béisbol y su bate, y se quedaban mirando el letrero que estaba frente a ellos: ¡SE VENDE ESTE TERRENO!

"¡No puedo creerlo!", exclamó Minnie Mouse.

"Este es el último lote vacante en varias cuadras."

"Tal vez quien compre el terreno dejará que los niños jueguen aquí", dijo Mickey Mouse esperanzado."

"Voy a comprarlo", dijo una voz detrás de ellos.
Era el Tío Rico Mac Pato. "Está al lado de mi bóveda
de dinero, y es el mejor lugar para mi negocio... ¡los
Pepinillos Encurtidos Patentados Perfectamente

Plantados,

Cosechados

y

Procesados

de Mac

Pato!"

Nico y Tato

arrugaron

la nariz.

MICKEY MOUSE Y EL GRAN COMPLOT DEL LOTE

"¡Uf! ¿Cómo alguien puede pensar que unos pepinillos encurtidos son más importantes que el béisbol?", exclamaron.

Pero Mac Pato sin duda pensaba así. "Los Pepinillos Encurtidos Patentados Perfectamente Plantados, Cosechados y Procesados de Mac Pato serán un buen negocio", dijo. Después les dio la espalda y se fue hacia su bóveda.

Mickey y los demás lo siguieron. Estaba sentado sobre un gran montón de dinero, y lo contaba muy contento.

"¿No podrías volver a pensarlo, Tío Rico?", preguntó Mickey. "Los niños realmente necesitan un lugar para correr y jugar, y ese terreno es perfecto."

"¡No!", contestó Mac Pato. "¡Ya lo decidí, y así será!"

"¡Pero los campos de juego son importantes!", insistió Mickey. Y antes de darse cuenta de lo que decía,

hizo un anuncio: "Yo voy a comprar el lote, y lo convertiré en un campo de juegos para que todos lo disfruten."

Mac Pato rió tan fuerte, que se cayó del montón de dinero. "No hay manera de que consigas el dinero para comprar ese lote", dijo sin parar de reír.

Mientras se alejaban de la bóveda de Mac Pato, la valiente sonrisa de Mickey se convirtió en un gesto de preocupación. "¿De dónde voy a sacar el dinero?", preguntó.

Pero Minnie y los chicos rebosaban emoción. "¡Pues lo ganaremos!", exclamaron. "No te preocupes, Mickey. ¡Nuestros amigos también estarán felices de ayudar!"

¡Y así fue! Las siguientes semanas, los amigos de Mickey eran las personas más ocupadas del pueblo. Y Mickey era el que más trabajo tenía de todos.

Ayudaba a Donald y a sus sobrinos a lavar autos. (Y después ayudaba a secar a Hugo, Paco y Luis, que se mojaban tanto como los autos que estaban lavando.)

Ayudaba a Goofy, cuyo trabajo de paseador de

perros se complicó tanto que no podía manejarlo solo.

Y

ayudaba a Nico y Tato a vender las tartas y

pasteles que Minnie y Daisy horneaban.

Al terminar el mes, Mickey contó el dinero que todos habían ganado y le habían entregado. Eran

exactamente quinientos dólares. ¡No era mucho, y Mickey estaba preocupado!

Al día, siguiente, fue a ver al Tío Rico. "Estoy muy triste", le dijo. "Entre todos, sólo hemos podido ganar quinientos dólares, Tío Rico, y sé que no es suficiente dinero para comprar el lote. ¡Sin duda, tú puedes pagar mucho más por él!"

"¡Qué lástima, Mickey!", dijo el Tío Rico, sonriendo. "Parece que el lote será mío. Ciertamente es un lugar perfecto para mi nueva fábrica de pepinillos encurtidos."

Más tarde, ese mismo día, Mac Pato caminaba alegremente por la calle y se detuvo frente al lote vacío.

"¡Hola, Tío Rico!", gritaron Nico y Tato. "¿Quieres que hagamos algún trabajo para ti?"

"¡Claro que no!", farfulló el Tío Rico. "La única ayuda que necesito es para entender qué tiene de importante ese campo de juegos. Un montón de tonterías, si me lo preguntan. ¡Umm!"

"No podemos decírtelo", dijo Nico.

"Pero podemos mostrártelo", agregó Tato.

"¡Aquí va, atrápala!"

Y antes de que se diera cuenta, el Tío Rico estaba en el terreno vacío, jugando un rápido juego de béisbol.

Ya casi oscurecía cuando finalmente los tres se sentaron a descansar.

"Bueno, Tío Rico", dijo Nico, "¿ahora ves lo magnífico que es un campo de juegos?"

El Tío Rico estaba resoplando tan fuerte, que ni siquiera pudo contestarle a Nico.

Al día siguiente, los chicos estaban esperando que el Tío Rico llegara por la calle.

"¡Tú las traes!", gritó Nico.

"¡Alcánzanos!", exclamó Tato.

Y antes de que supiera lo que pasaba, el Tío Rico persiguió a los chicos por todo el campo.

"Puedes jugar a todo tipo de juegos divertidos en un campo como este", dijo Nico cuando por fin se detuvieron a descansar.

"¡Umm!", dijo el Tío Rico. Esta vez estaba tan
cansado que se quedó dormido ahí mismo, bajo
un árbol.
Mientras
dormía,
tuvo un
sueño muy
extraño. No
se parecía
a ningún
sueño que
Mac Pato
hubiera
tenido antes.

Al día siguiente, Mickey y sus amigos observaban cuando el propietario del terreno colocó un nuevo letrero en el lote, que decía: VENDIDO A RICO MAC PATO.

Todos refunfuñaron... es decir, todos excepto Mac Pato. Él estaba muy contento.

Cuando estaban a punto de irse con las caras tristes, Mac Pato los llamó: "Esperen unos minutos. ¡Les tengo una sorpresa a todos!"

Al poco rato, ¡comenzaron a llegar trabajadores que levantaron columpios y colocaron resbaladillas, y comenzaron a cavar una piscina! ¡En un rincón, marcaron las líneas para un diamante de béisbol!

Mac Pato se quedó ahí parado, sonriendo, mientras Mickey, sus sobrinos y Goofy gritaban tres tremendos "¡hurra!"

"Tío Rico", dijo Mickey, "¿cómo podremos; agradecerte lo suficiente? ¡Estamos terriblemente contentos de que hayas cambiado de parecer! ¡Ahora podremos comprar uniformes para todos los equipos de béisbol, con nuestros quinientos dólares!"

Finalmente llegó el día del primer juego en el nuevo parque. Al Tío Rico se le otorgó el honor de batear la primera pelota.

"¡Hurra!", lo aclamó la multitud mientras la pelota zumbaba por el aire.

El grito se cortó de golpe por el sonido de vidrios rotos. ¡La pelota había roto una ventana de la bóveda de dinero de Mac Pato!

"¡Oh-oh! Lamento lo de tu ventana, Tío Rico", gritó Mickey.

Pero el Tío Rico ya se dirigía a la primera base. "Tan sólo es un vidrio", gritó por

encima del hombro. "¿Pero viste eso? ¡Creo que hice un *jonrón*!"

Walt Disney
El Pato
DONALD
y el árbol de Navidad

Era el día de Nochebuena, y el Pato Donald estaba muy ocupado preparándose. Había terminado de envolver todos sus regalos y lo último que le quedaba por hacer era conseguir un árbol de Navidad.

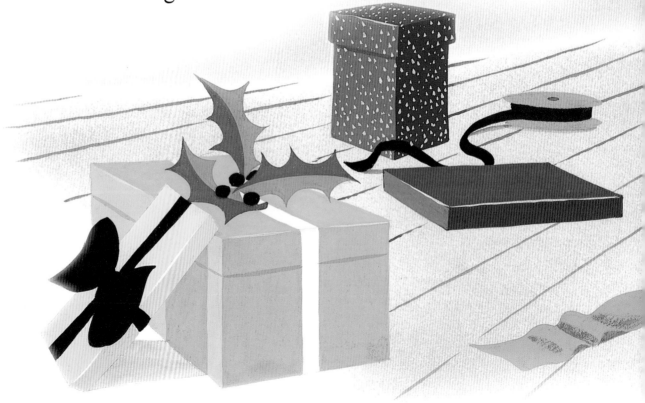

Donald se puso su chaqueta, el gorro y los mitones. También llevaba su brillante hacha.

"Ven conmigo", llamó a Pluto, que estaba en casa de Donald porque Mickey había salido durante las fiestas. "Vamos al bosque a buscar nuestro árbol de Navidad."

A Pluto le emocionaba estar afuera, en la nieve, así que salió corriendo de la casa y siguió a Donald hacia el bosque.

En lo más profundo del bosque, en un robusto abeto, vivían dos alegres ardillas llamadas Chip y Dale. Chip y Dale también estaban preparándose para

la Navidad.

Habían

encontrado un

pequeño abeto

cerca de su casa

y lo decoraban

con moras y

cadenas de

hierba seca

cuando Donald

y Pluto se
acercaron.

Al ver
a Donald,
con Pluto
jugueteando
a su
alrededor,
las ardillas
abandonaron

su arbolito de abeto y corrieron a su casa para ponerse
a salvo. O, al menos, pensaron que estarían a salvo.

Cuando Donald vio la robusta casa de Chip y Dale,

dijo: "¡Este es justo el árbol para nosotros! Es del tamaño perfecto para mi sala."

Chop, chop, chop, se oían los golpes del hacha

brillante de Donald. Los pobres Chip y Dale no sabían qué hacer.

"Vamos, Pluto", gritó Donald cuando terminó de cortar el árbol. "Llevemos nuestro árbol a casa."

Así que el Pato Donald atravesó el bosque, silbando mientras caminaba pesadamente arrastrando el abeto.

Y entre las ramas iban Chip y Dale sentados, disfrutando el agradable paseo.

Cuando Donald llegó a casa, colocó su árbol en un rincón cerca de la ventana.

"Listo", dijo al terminar. "Llegó la hora de adornar el árbol."

Donald subió al ático y trajo cajas de luces y adornos festivos.

El Pato Donald no tenía idea de que, desde su escondite entre las ramas, Chip y Dale lo miraban decorar el árbol. Observaban mientras Donald ponía vueltas y más vueltas de sartas de luces de colores sobre las ramas del árbol.

Vieron que Donald colgaba adornos de colores vivos

por todo el árbol. Incluso miraron a Pluto, que ayudó con la guirnalda.

"¡Listo!", exclamó Donald cuando colgaba el último adorno. "¿Verdad que luce muy bien?"

"¡Guaguau!", ladró Pluto, que estaba de acuerdo

Y realmente era un hermoso árbol de Navidad.

"Ahora traeré los regalos para todos, para colocarlos bajo el árbol", dijo Donald. "Pluto, quédate aquí. Regresaré pronto."

Pluto se sentó junto al árbol, admirándolo.

En cuanto Donald se perdió de vista, Chip y Dale decidieron que era el momento de que ellos tuvieran un poco de diversión navideña.

Danzaron de arriba abajo de las ramas del árbol hasta que las agujas se estremecieron.

Corrieron alrededor de las luces de colores, y luego hicieron caras graciosas frente a las brillantes esferas.

Después, rieron y rieron hasta que les dolieron sus costados.

"Grrr", gruñó Pluto con desaprobación.

Pero a Chip y a Dale no les importaba lo que Pluto pensara. ¡Chip bajó algunos de los brillantes adornos y comenzó a arrojárselos a Pluto!

"¡Grrr!", volvió a gruñir Pluto. ¡Entonces Dale tomó un adorno y también se lo lanzó a Pluto!

Pluto saltó y apenas logró atraparlo con los dientes. En ese preciso momento, llegó el Pato Donald con los brazos llenos de regalos.

"¡Pluto!", gritó. "¡Detente!" Pensaba que Pluto había estado arrancando los adornos del árbol.

¡Pobre Pluto! No había señales de Chip y Dale por ningún lado.

"Ahora, compórtate bien", dijo Donald, "mientras traigo los demás regalos".

En cuanto Donald se fue, Chip y Dale aparecieron nuevamente.

¡Plunk! Chip se puso un adorno de

plástico roto sobre la cabeza. Dale reía y reía.

Pero a Pluto no le pareció gracioso. ¡Estaban estropeando el árbol de Donald!

"¡Grrr!", gruñó, preparándose para saltar.

"¡Pluto!", gritó el Pato Donald desde la puerta.

"¿Qué te pasa?
¿Quieres arruinar
el árbol?"

Por supuesto,
Chip y Dale
estaban a salvo,
fuera de su vista.

Y el pobre Pluto no podía explicarlo.

"Ahora tendrás que salir y quedarte en el patio el resto de la Nochebuena", le dijo Donald a Pluto con severidad.

Pero en ese instante, en la punta del árbol, Chip se cansó de llevar el adorno de Navidad, se lo quitó y lo dejó caer.

¡Crash! El adorno rebotó
en el piso.

"¿Qué fue eso?",
exclamó Donald.

"¡Guaguaf!",
dijo Pluto,
señalando el árbol.

Entonces,
Dale comenzó
a jugar con las
luces de colores, haciéndolas girar para que se
encendieran y se apagaran.

"¿Qué está sucediendo?", gritó el Pato Donald.

"¡Guauguaf! ¡Guauguaf!", dijo Pluto, señalando de nuevo el árbol.

Donald echó un vistazo entre las ramas y descubrió a Chip y a Dale.

"Bueno, bueno", dijo con una risita, mientras los bajaba. "Así que ustedes son los que están haciendo travesuras. ¡Y pensar que culpé al pobre Pluto! Lo siento, Pluto", dijo Donald.

Pluto se acercó a la puerta y la mantuvo abierta.

Pensaba que Chip y Dale debían regresar a casa.

"¡Oh, Pluto!", exclamó Donald. "Es Nochebuena.

Debemos ser bondadosos con todos, hasta con estas molestas ardillas. El espíritu de la Navidad es el amor, ¿sabes?"

Así que Pluto se hizo amigo de Chip y Dale.

Y cuando los amigos de Donald vinieron a cantar villancicos, a comer galletas y a brindar, todos estuvieron de acuerdo en que esta era la Navidad más alegre de todas.

Era un día perfecto para cocinar al aire libre, y Mickey Mouse y sus sobrinos, Nico y Tato, estaban en el patio trasero, disponiéndose a preparar el almuerzo. Mickey ponía carbón en el asador, mientras Nico sacaba la comida.

"Me pregunto por qué tarda tanto Minnie", dijo Mickey. "Ella nunca llega tarde."

"Espero que recuerde el pastel de crema de chocolate que nos prometió", dijo Tato.

Unos cuantos minutos después, Pluto lanzó un amistoso ladrido de bienvenida para Minnie, que llegaba a toda prisa.

"Lamento llegar tarde", dijo, entregando el pastel a los chicos. "Pero tengo magníficas noticias: acaban de elegirme presidenta de la Exhibición de Caridad de Mascotas."

"Si tú estás a cargo, seguramente será un éxito", dijo Mickey con entusiasmo.

"Oh, gracias", dijo Minnie. "Así lo espero. Tenemos que recaudar mucho dinero para construir un albergue nuevo para animales abandonados."

"¡Deberíamos inscribir a

Pluto en la exhibición!", sugirió Nico muy emocionado.

"Pero Pluto no es un perro de exhibición", les recordó Mickey a los niños.

"¡Podemos entrenarlo y enseñarle a hacer trucos!", dijo Tato. "¿Sí? ¡Por favor!"

"Está bien", dijo Mickey, "pero sólo porque ayudará a recaudar dinero para el albergue de animales abandonados".

Minnie y Mickey observaban a los chicos, que empezaron a entrenar a Pluto para la exhibición de mascotas.

"¡Rueda, Pluto!", le ordenó Nico.

Pero Pluto no entendía. Simplemente se sentó y meneó la cola.

"Tal vez debemos mostrarle lo que queremos que haga", dijo Tato.

Pluto observó, confundido, cómo los chicos rodaban por el césped. Seguía sin entender.

"Intentemos con algo que le guste hacer", sugirió Nico.

"Es una buena idea", dijo Tato. Y entonces le ordenaron a Pluto que se acostara.

En lugar de hacerlo, Pluto saltó y comenzó a perseguir su cola.

"¡Mira, Minnie!", exclamó Mickey. "¡Los chicos realmente lograron que hiciera trucos!"

"Pero no son los trucos correctos", se quejaron Nico y Tato.

Toda la semana, Nico y Tato trabajaron duro, tratando de enseñarle nuevos tru-

cos a Pluto, que iba por cosas, rodaba, se sentaba, se acostaba y daba la pata... pero sólo cuando él quería.

Todos estaban muy desanimados.

"Nunca ganará el primer premio", dijo Nico con tristeza.

El día de la exhibición, Mickey y los chicos llevaron a Pluto al lote vacío de al lado, donde se llevaba a cabo la exhibición. Minnie le vendió a Mickey tres boletos, y después señaló contenta la caja del dinero.

"¡Ya tenemos suficiente dinero para pagar el nuevo albergue de animales!", le dijo. "¡Hurra!", gritaron los chicos.

"¡Estupendo!", exclamó Mickey.

Lo que no fue estupendo fue la actuación de Pluto ese día.

Dio la pata cuando le dijeron que se sentara. Rodó cuando debía haber saltado.

Ladró cuando se suponía que se acostara. El público reía a carcajadas.

Lo peor de todo fue que cuando el Jefe de Policía O'Hara estaba eligiendo la Mejor Mascota del Día, ¡Pluto le gruñó! El jefe no lo sabía, ¡pero estaba parado exactamente en el lugar donde Pluto había enterrado un buen hueso!

De pronto, se escucharon gritos que venían de la caseta de boletos: "¡Auxilio! ¡Detengan al ladrón! ¡Auxilio!"

"¡Esa es Minnie!", dijo Mickey con un nudo en la garganta.

"¡El dinero de los boletos!", aullaron los chicos.

Mickey, los chicos y el Jefe O'Hara corrieron hacia la caseta.

Pluto ya estaba
en la escena del
crimen cuando
los demás llegaron.
Estaba olfateando
cuidadosamente
alrededor de la
caseta.

"Yo estoy
bien, Mickey",
dijo Minnie, "pero se llevaron el dinero. Cuando
regresé para guardarlo, vi que alguien corría con la
caja del dinero".

"¿Qué aspecto tenía el ladrón?", preguntó el jefe.

"No lo sé", replicó Minnie. "No vi su cara."

"¿Por dónde se fue?", preguntó Mickey.

En ese instante, antes de que Minnie pudiera contestar, Pluto salió como rayo hacia el bosque.

"¡Está siguiendo el rastro del ladrón!", gritó Mickey. "¡Vamos, Pluto! ¡Detén al ladrón!"

"Es más probable que esté rastreando un gatito", refunfuñó el Jefe O'Hara.

Pero no fue un gatito lo que salió gritando del bosque. Era el ladrón con la caja de dinero en las manos, seguido por Pluto, ¡que tenía encajados los dientes en los tirantes del ladrón!

"¡Sálvenme!", gritaba el ladrón.

¡S-s-snap! Los tirantes del ladrón se rompieron y lo lanzaron directo a los brazos del Jefe O'Hara.

Esa misma tarde, en el cuartel de policía, el Jefe O'Hara le dio a Pluto la Medalla al Héroe de Cuatro Patas.

El jefe sonrió y dijo: "Gracias a Pluto, los animales que están perdidos ahora tendrán un nuevo albergue y la oportunidad de encontrar buenos hogares."

Pluto aceptó la medalla lleno de orgullo, y todos lo aclamaron y le aplaudieron.

En el camino de regreso a casa de Mickey, Nico anunció pomposamente: "Pluto es mejor que un perro de exhibición.

Es nuestro héroe canino."

De pronto, Pluto le ladró con fuerza a Tato, que estaba a punto de cruzar la calle.

"¡Tato! ¡Cuidado!", gritó Mickey, halándolo para regresarlo a la acera. "¿No viste ese auto?"

"Pluto sí", dijo Minnie, dándole palmaditas en la cabeza.

En cuanto no hubo más autos en la calle, empezaron a cruzar. De repente, vieron que a un anciano se le caía su bastón.

Moviendo la cola amistosamente, Pluto recogió el bastón y se lo dio.

"Qué perro tan amable tienen", les dijo el anciano, y todos miraron sonriendo cómo Pluto avanzaba delante de ellos.

Cuando llegaron a la casa de Mickey, Pluto los esperaba en la puerta, agitando la cola y ladrando una amistosa bienvenida.

"¿Saben qué, chicos?", dijo alegremente Mickey. "¿A quién le importa que Pluto gane premios o sea un héroe? Es amigo de todos... ¡y eso es lo que cuenta!"

Minnie, Nico y Tato estuvieron de acuerdo. Después, sin que le dijeran nada, Pluto les dio la pata a todos, ¡porque esta vez él quería hacerlo!

WALT DISNEY

MICKEY

VAQUERO

Mickey Mouse estaba guardando diligentemente cosas en su maleta.

"Deprisa", le dijo Minnie. "¡Estoy ansiosa por llegar al Rancho del Citadino con Suerte!"

"¡Yo también estoy emocionado!", le dijo Mickey. "¡Siempre he querido aprender a montar a caballo."

"Y yo siempre he querido ser una vaquera", dijo Minnie alegremente.

En ese momento, Goofy entró corriendo a la casa de Mickey con su maleta. "¡Ya empaqué todo y estoy listo para salir!", gritó. "Voy a aprender a montar a caballo y a manejar el lazo para poder actuar en el Rodeo de la Estrella de la Suerte." "¿Realmente habrá un rodeo en el rancho?",

preguntó Minnie.

"Eso es lo que escuché", dijo Mickey. "¿No sería estupendo que todos pudiéramos participar en él?"

"Sí", asintió Minnie. "Vamos a hacer nuestro mejor esfuerzo para aprender lo más posible y estar todos en el rodeo."

Goofy estaba ansioso por mostrarles a todos lo bien que podía montar. En cuanto llegó al Rancho del Citadino con Suerte, saltó sobre el primer caballo que vio... ¡pero cayó mirando hacia atrás!

"¡Oh-oh!", tartamudeó Goofy. "¿Qué haré ahora?" Se aferró con fuerza a la cola del caballo mientras él corcoveaba en círculos.

Por suerte, Minnie había traído unas zanahorias para alimentar a los caballos, y le mostró una al

caballo, que dejó de saltar y relinchó alegremente mientras trotaba para acercarse a comérsela. Goofy rápidamente se bajó de su montura.

"¡Fíu! Estuvo cerca", jadeó. "Minnie, muchas gracias por traer esas zanahorias."

"Parece que ustedes necesitan unas clases de equitación, amigos", dijo el propietario del rancho, mientras caminaba hacia ellos. "Soy el Vaquero Bob, déjenme mostrarles la manera correcta de subirse a un caballo."

Y sostuvo las riendas de los caballos mientras ayudaba a Mickey, Minnie y Goofy a subirse a sus monturas.

Después, el Vaquero Bob les mostró a todos la manera apropiada de cabalgar.

"Hey, después de todo no es tan difícil", se jactó Goofy mientras trotaba con su caballo. "Ahora estoy listo para aprender a lazar."

"Se necesita mucha práctica para lazar", dijo el Vaquero Bob, y después le dio a Goofy su primera lección de lazadas.

Esa noche, Mickey, Minnie y algunos de los trabajadores del rancho tuvieron una cena al aire libre, bajo las estrellas.

"¡Ajúa, yepa, yepa!", cantaban todos alrededor de la fogata. De pronto, escucharon un grito salvaje y vieron una sombra extraña. "¡Creo que es un coyote!", susurró Mickey.

De inmediato, el Vaquero Bob dirigió la luz de su linterna hacia la sombra.

"¡No es un coyote... es Goofy!", dijo Minnie con una risita. "¡Trataba de engañarnos caminando sobre sus manos!"

"Los engañé, ¿verdad?", dijo Goofy, que no paraba de reír por su broma.

Al día siguiente, Mickey y Minnie practicaron

equitación mientras Goofy practicaba con su lazo.

"Están

aprendiendo

muy rápido",

les dijo el

Vaquero

Bob a

Mickey y Minnie. "Apuesto a que los dos serán

bastante buenos para actuar en el rodeo."

"¿Y yo qué?", preguntó Goofy. "Miren lo bien que hago girar el lazo." Goofy lanzó la cuerda y su pie quedó atrapado en el lazo.

"¡Auch!", exclamó. "Creo que es mejor que practique un poco más."

Así que, mientras Minnie y Mickey galopaban por todo el rancho, Goofy practicaba sus lazadas. Trató de lazar cercas y trató de lazar el letrero de la Estrella de la Suerte, pero siempre terminaba lazándose él mismo.

Finalmente llegó el día del gran rodeo. El Vaquero Bob tenía magníficas noticias. Les dijo que todos los que se hospedaban en el rancho podrían actuar en el rodeo. Eso significaba que Minnie, Mickey y Goofy podrían participar juntos en el espectáculo.

"¡Vamos a formarnos para el gran desfile del

rodeo!", gritó el

Vaquero Bob.

"¿Dónde

está Mickey?",

preguntó

Minnie. "No

lo he visto en

ninguna parte."

"No sé",

dijo el Vaquero Bob. "Yo tampoco lo he visto."

¡En ese preciso momento, Mickey estaba

durmiendo! Había olvidado ajustar la alarma de su reloj para que lo despertara a tiempo para el rodeo. Pero la ruidosa multitud pasó cerca de su

ventana, y entonces despertó. Cuando se dio cuenta de que había dormido hasta tarde, supo que tendría que apresurarse o se perdería toda la diversión.

Mickey se vistió rápidamente y salió como rayo.

Será mejor que tome todos los atajos que pueda, pensó

mientras corría por el campo y saltaba sobre una cerca.

"¡Oh-oh!",
gimió Mickey.
"Creo que tal vez
no debería haber
saltado esa cerca."
¡Acababa de
aterrizar sobre un
caballo bronco que
daba coces en el
centro de la arena del rodeo!

Todos aclamaron a Mickey, que se aferraba con fuerza a las riendas, montando al bronco. "¡Esto es algo divertido!", exclamó Mickey mientras saludaba con su sombrero a la multitud.

"Damas y caballeros", dijo el presentador del

rodeo, "Mickey Mouse acaba de romper el récord de tiempo montado en un bronco".

La multitud lo volvió a aclamar.

Cuando Mickey se bajó de un salto del bronco, el caballo comenzó a perseguirlo. "¿Y qué hago ahora?", gritó Mickey.

"Yo lo lazaré", gritó Goofy, pero en lugar de eso, lazó a Mickey.

Sin embargo, ver a Mickey enredado en la cuerda era tan gracioso, que hasta el bronco se detuvo para reírse.

Después, Mickey rápidamente se desató y salió corriendo.

Más tarde, ese mismo día, todos gritaron de gusto cuando el Vaquero Bob hizo la premiación del rodeo.

Minnie ganó por ser la mejor vaquera y cuidar muy bien a los caballos.

Mickey ganó por cabalgar en el bronco.

¡Y Goofy ganó por tratar de lazar todas y cada una de las cosas a la vista!

Esa noche, todos se sentaron alrededor de la fogata por última vez. "Esto ha sido lo más divertido que he hecho", le dijo Mickey a Minnie.

"También yo", dijo ella suspirando. "Me gusta ser vaquera."

En ese momento, vieron un extraño perfil recortado contra la luna llena.

"Apuesto a que es Goofy bromeando otra vez", dijo Mickey.

"¡No! Aquí estoy", dijo Goofy.

"¡Miren, es un coyote de verdad!", gritó Mickey. "Ahora, realmente me siento como un vaquero."

"¿Quieren que lo lace?", preguntó Goofy

"¡No, gracias!", dijeron todos, riéndose.

Volúmenes bellamente ilustrados, llenos de mágicos cuentos de Disney.

¡Una colección que
todas las familias
atesorarán!

¡Colecciónalos todos!

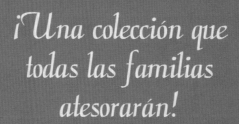